Direction éditoriale : Alain Serres
Maquette : V.D. + K.O.
ISBN : 978-2-35504-370-3

Ce livre est imprimé sur du papier Condat mat Périgord,
issu de forêts gérées durablement, correspondant aux normes suivantes :
ECF (Elemental Chlorine Free), sans acide à longue durée de vie,
conforme aux exigences européennes concernant la teneur en métaux lourds (98/638 CE),
recyclable et biodégradable.

IMPRIM'VERT®

Achevé d'imprimer en mai 2015 sur les presses de l'imprimerie Clerc
à Saint-Amand-Montrond (18) - France
Dépôt légal : mai 2015

Peut-être que le monde...

Texte d'Alain Serres

Images de Chloé Fraser

RUE DU MONDE

Peut-être que le monde n’était d’abord
qu’une paisible et longue nuit.

Peut-être que du bleu a brusquement jailli

Que beaucoup de bleu s’est répandu.

Et que, sous la lumière, quelque chose a peu à peu germé.

Puis peut-être que l’eau
a alors animé le monde.

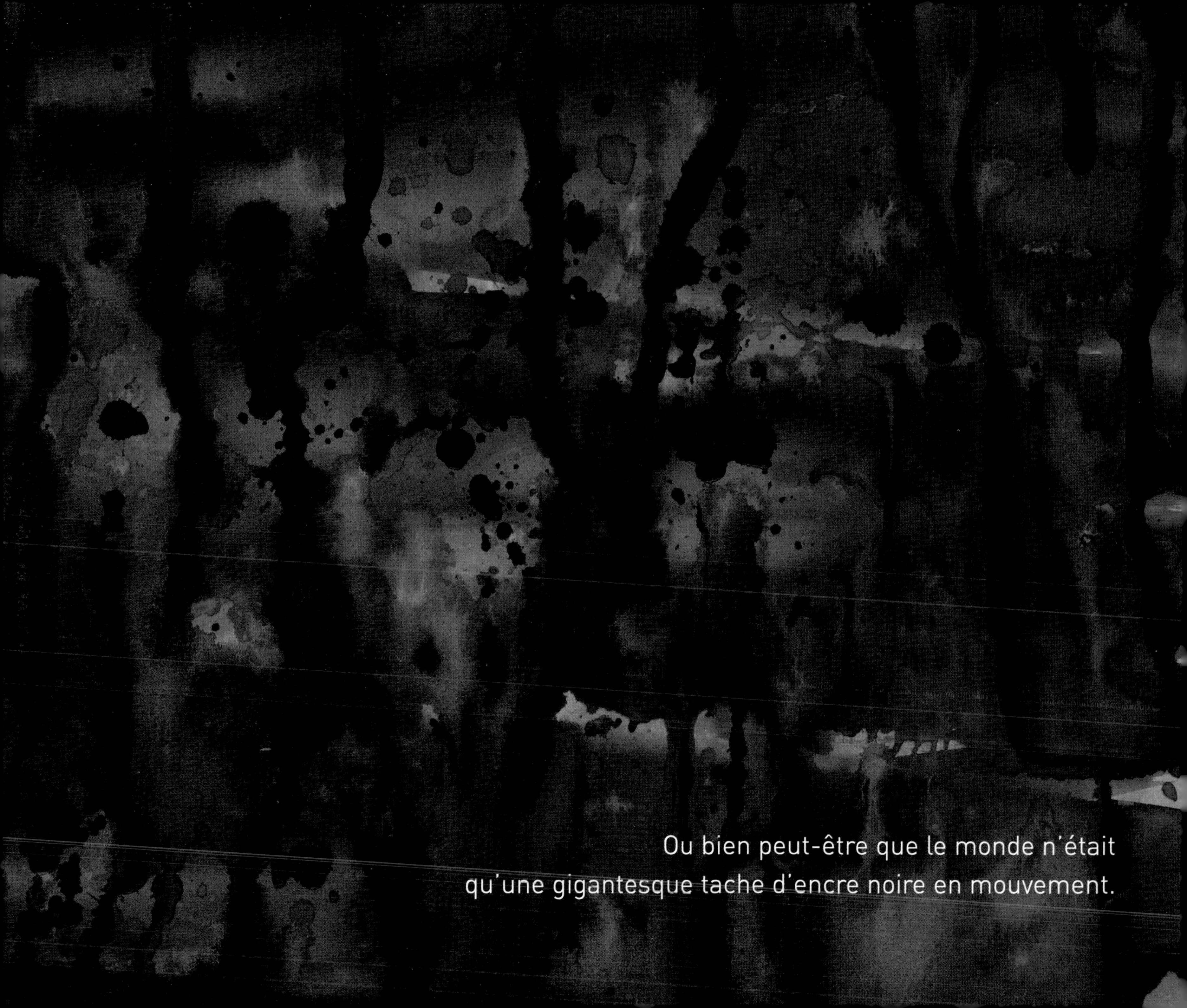

Ou bien peut-être que le monde n'était
qu'une gigantesque tache d'encre noire en mouvement.

Et soudain le feu s'est dessiné.

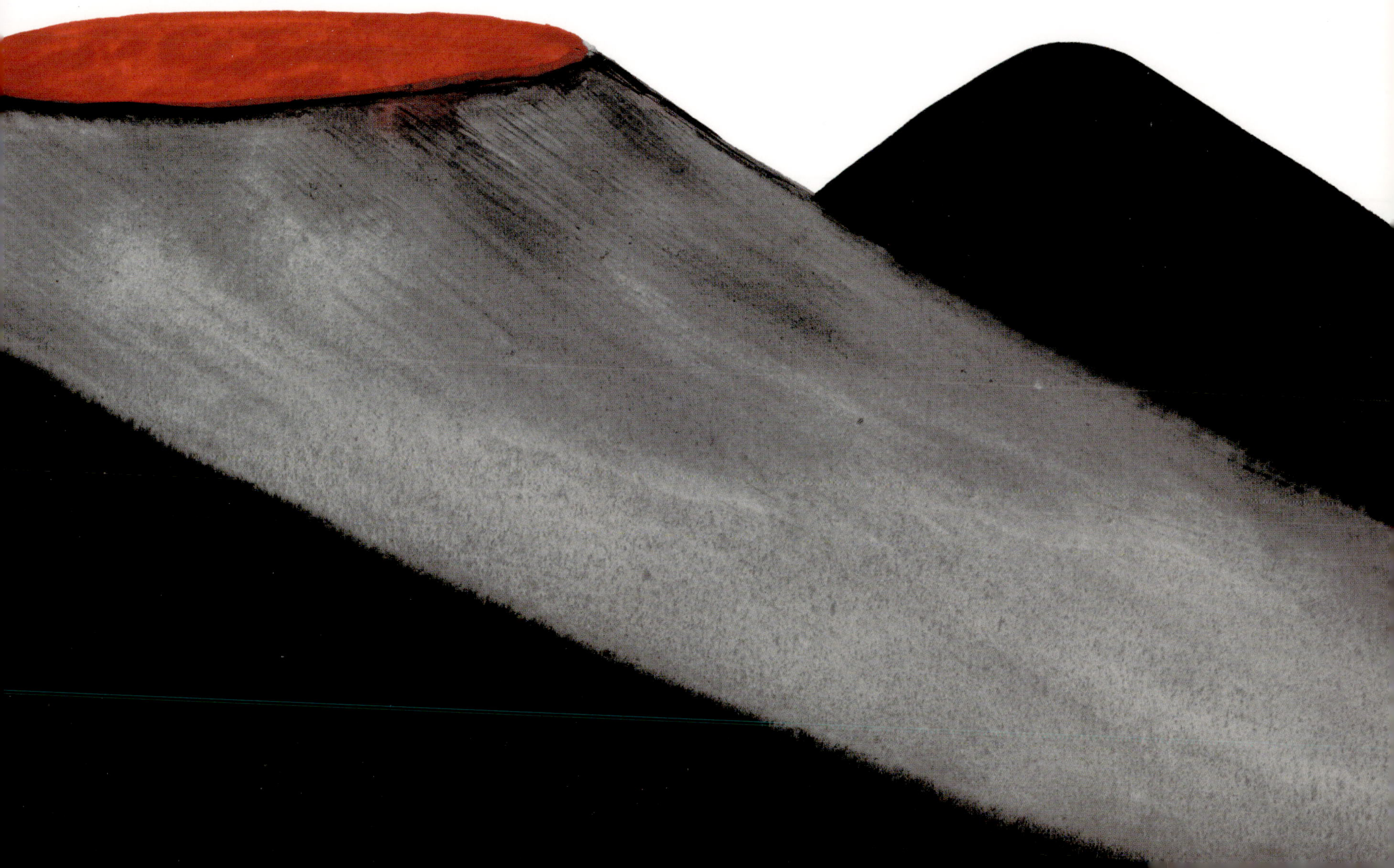

Puis a coulé.

Et peut-être que la pluie a métamorphosé sa chaleur.

Et le monde s'est alors mis à vibrer,
à pousser, à sauter…

Ou peut-être que le monde, en ces temps reculés,
n'était que violence.

Peut-être que lumière et obscurité

grognaient d'une même voix sourde.

Et peut-être qu’un matin le vert a poussé son premier cri

Qu'il a livré, ce jour-là, un grand combat.

Et qu'il a triomphé.

En faisant naître la vie.

Ou peut-être que le monde n'était
qu'une traînée d'étoiles noires.

Que l'une d'entre elles, en faisant son nid, s'est changée en soleil...

... qui patiemment a couvé l'œuf du temps.

Pour donner définitivement naissance

à toutes les couleurs de la vie.

Et à la grande histoire qui a suivi.

L'histoire fragile que nous gardons
à jamais au fond des yeux.

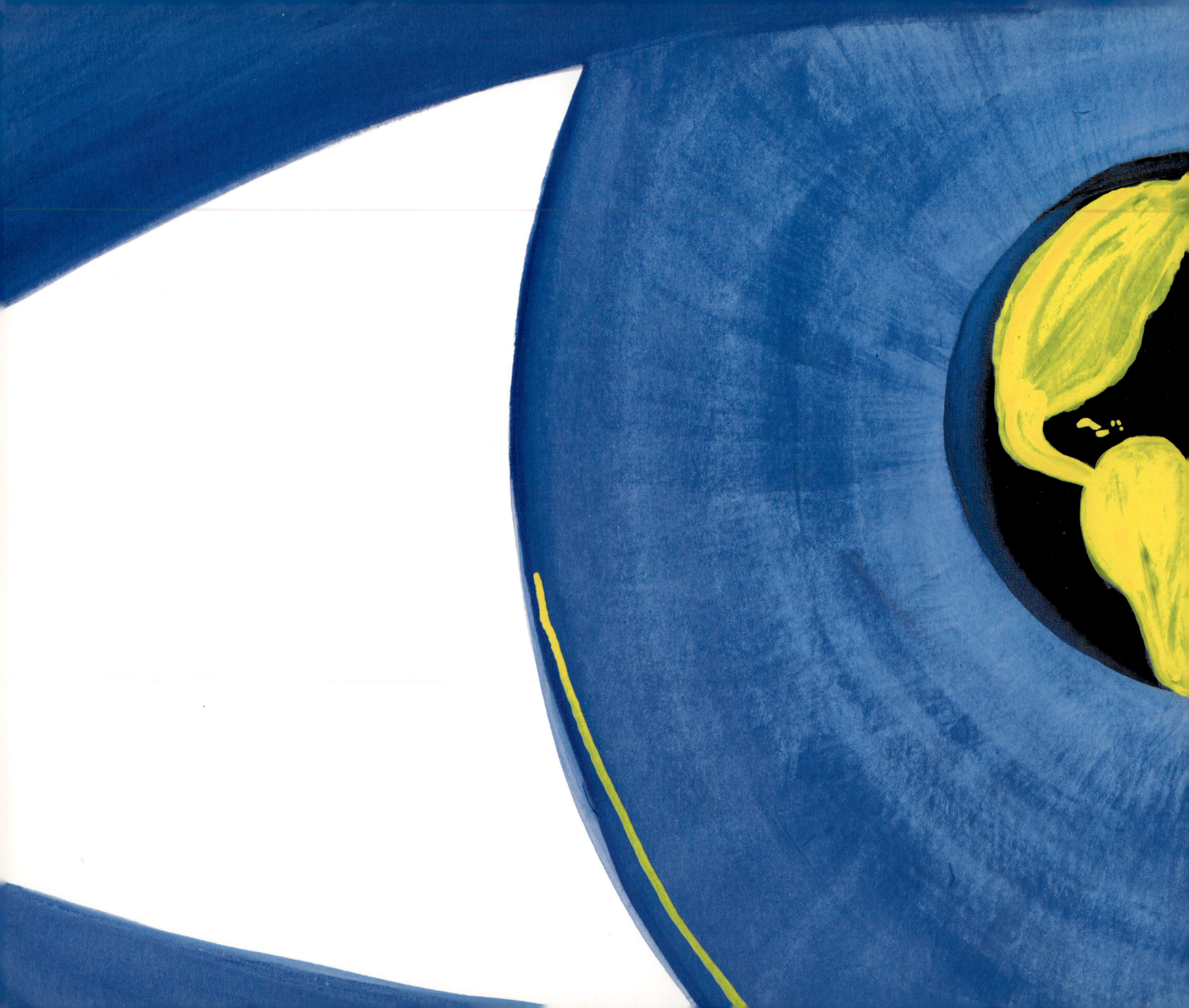

Peut-être que le monde va nous donner envie
d'inventer avec lui, pendant des milliards d'années encore,
des milliards d'autres sublimes histoires.